Analyse de l'œuvre

Par Anna Scriven

Room

Emma Donoghue

lePetitLittéraire.fr

Analyse de l'œuvre

Par Anna Scriven

Room

Emma Donoghue

Rendez-vous sur lepetitlitteraire.fr et découvrez :

Plus de 1200 analyses
Claires et synthétiques
Téléchargeables en 30 secondes
À imprimer chez soi

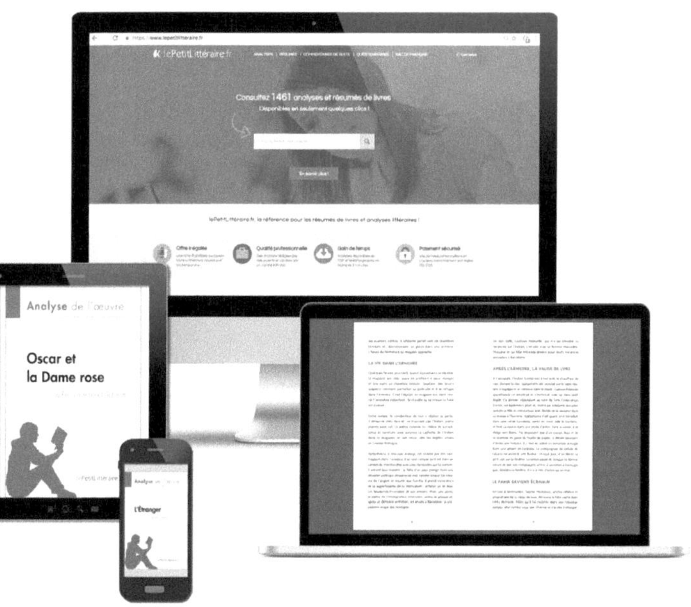

EMMA DONOGHUE

ROMANCIÈRE IRLANDO-CANADIENNE

- **Née à Dublin (Irlande) en 1969.**
- **Travaux notables :**
  - *Hood* (1995), roman
  - *Frog Music* (2014), roman
  - *La Merveille* (2016), roman

Emma Donoghue grandit à Dublin avant de s'installer en Ontario, au Canada, en 1998. Elle étudie l'anglais et le français à l'University College de Dublin avant d'obtenir un doctorat de l'université de Cambridge. Elle travaille à plein temps comme écrivaine depuis l'âge de 23 ans et vit avec son partenaire et leurs deux enfants.

Mme Donoghue a écrit neuf romans, ainsi que des nouvelles, plusieurs pièces de théâtre et deux scénarios. Elle s'est récemment lancée dans la fiction pour enfants avec sa série *The Lotterys*. Bien qu'elle ait travaillé dans de nombreux genres, elle est surtout connue pour ses œuvres de fiction historique, qui portent, entre autres, sur le meurtre non résolu de Jenny Bonnet, travestie en 1876, et sur l'affaire Codrington, un divorce qui a secoué la Grande-Bretagne du XIXe siècle. Les œuvres de Mme Donoghue ont été traduites dans plus de 40 langues et elle a remporté de nombreux prix, dont le Golden Crown Literary Award et le Gay and Lesbian Book Award de l'American Library Association.

ROOM

UNE HISTOIRE D'INNOCENCE ET D'IMAGINATION DANS UN MONDE D'HORREUR

- **Genre :** roman
- **Edition de référence :** Donoghue, E. (2011) *Room*. Londres : Picador.
- **1ère édition :** 2010
- **Thèmes :** enfance, découverte, enlèvement, liberté, espoir, exploration, amour, maternité.

Inspiré en partie de l'histoire réelle d'Elisabeth Fritzl, retenue captive par son père pendant 24 ans, *Room* est raconté du point de vue unique de Jack, un garçon de cinq ans qui a passé toute sa vie enfermé dans une seule pièce avec sa mère. Ma a été enlevée alors qu'elle était adolescente et a donné naissance à Jack, un garçon précoce et naïf, en captivité. Elle le protège de la véritable horreur de sa situation, lui cachant l'existence du monde dans cette histoire d'espoir, d'innocence et du lien entre une mère et son enfant.

Best-seller international, *Room* a été présélectionné pour le Man Booker Prize et a été désigné par le *New York Times* comme l'un des six meilleurs titres de fiction de 2010. Mme Donoghue a elle-même adapté *Room* à l'écran en 2015. Le film, avec Brie Larson et Jacob Tremblay, a été nommé pour quatre Oscars, dont celui du meilleur film.

RÉSUMÉ

UNE CÉLÉBRATION D'ANNIVERSAIRE

Nous rencontrons Jack, le narrateur du livre, le jour de son cinquième anniversaire et nous sommes rapidement introduits dans le monde dans lequel il vit. Très vite, en fait, car Jack n'a jamais quitté sa « chambre », l'espace de trois mètres carrés dans lequel il vit avec Ma. Ma offre à Jack un dessin de lui-même en guise de cadeau et tous deux poursuivent leur journée : ils prennent un petit-déjeuner soigneusement dosé, regardent Dora l'exploratrice et jouent à des jeux sportifs pour rester en forme. Après le dîner, ils préparent un gâteau d'anniversaire, mais Jack s'énerve lorsqu'il apprend qu'il n'y a pas de bougies. Maman le calme et ils lisent une histoire avant que Jack n'aille se coucher dans l'armoire pour se cacher d'un homme qu'il ne connaît que sous le nom de Old Nick. Il explique que Old Nick vient souvent rendre visite à Ma la nuit, apportant des provisions et faisant grincer le lit, mais qu'il ne vient pas le jour de l'anniversaire de Jack. Le jour suivant, les enfants suivent la même routine : ils se baignent, mangent, jouent, apprennent, crient après Skylight, font la sieste et regardent la télévision. Jack se réjouit de trouver une souris vivante dans la chambre. Cette nuit-là, le vieux Nick leur rend visite, et Maman rejette son offre de cadeau pour Jack. Jack ne comprend pas pourquoi elle fait cela et se met en colère contre maman. Lorsqu'il se réveille le lendemain, il y a une nouvelle jeep télécommandée pour lui. La nuit suivante,

Jack frappe accidentellement la télécommande et la jeep tombe sur le vieux Nick, qui attaque Ma en réponse.

L'INCROYABLE VÉRITÉ

Le lendemain, Ma est hargneuse mais continue la routine habituelle. La curiosité de Jack grandit, et lorsqu'il demande comment la télévision contient les mêmes médicaments que ceux que prend Ma, Ma lui répond que tout ce que l'on voit à la télévision est réel. Elle passe ensuite la journée seule, une façon pour Jack de décrire son état dépressif et insensible. Lorsqu'elle revient à elle, Jack continue à lui demander quelles sont les choses réelles à la télévision, sans pouvoir y croire complètement. Ma apprend que le vieux Nick a perdu son emploi et qu'il est à court d'argent. Lorsqu'il offre une sucette à Jack, ce dernier s'aventure hors de l'armoire, ce qui fait hurler Ma et met Old Nick en colère. En réaction, Old Nick coupe l'électricité de Room pendant trois jours, laissant Jack et Ma dans le froid et la faim. Ma révèle à Jack qu'elle vivait dans le monde extérieur avec ses propres parents avant. Le Vieux Nick l'a kidnappée à l'adolescence et la garde enfermée depuis sept ans.

ENFIN UNE ÉCHAPPÉE

Jack a du mal à comprendre tout ce qu'il a appris sur le monde extérieur à la chambre. Pendant ce temps, Ma craint ce que le vieux Nick pourrait faire s'il n'a pas les moyens de rester dans sa maison et complote pour s'échapper. Elle décide que si Jack fait semblant d'être malade, Old Nick l'emmènera à l'hôpital et il pourra passer un mot à un médecin. Cependant, le vieux Nick refuse de prendre Jack, alors Ma passe au plan B, dans lequel Jack doit faire semblant d'être mort pour que le vieux Nick le sorte de la pièce, lui donnant ainsi une chance de s'enfuir. Jack est terrifié mais suit les instructions de Ma : « Mort, camion, se tortiller, sauter, courir, quelqu'un, note, police, chalumeau » (p. 164). Elle l'enroule dans le tapis et dit à Old Nick qu'il est mort, insistant pour qu'il soit enterré loin de la maison. Le vieux Nick place Jack dans son camion et s'en va. Lorsque le camion ralentit, Jack se libère du tapis et s'enfuit. Un étranger empêche Old Nick de récupérer Jack et appelle la police. Jack a perdu sa note et peine à raconter son histoire, dépassé par le monde extérieur. Un policier patient parvient à utiliser l'histoire de Jack pour retrouver Ma et la libérer enfin de Room.

BIENVENUE DANS LE MONDE

Jack et Ma sont emmenés dans une unité psychiatrique et examinés par un médecin, qui tente de rassembler des preuves contre Old Nick. Les paparazzi se précipitent pour les photographier et Jack se voit à la télévision. Jack ne comprend pas beaucoup de choses qu'il voit. Il n'a jamais utilisé d'escaliers ou de douche et est dépassé par le nombre impressionnant de personnes qu'il rencontre. Ma et Jack commencent à consulter un psychiatre, le Dr Clay, qui leur fournit des lunettes pour empêcher le soleil de leur faire mal aux yeux et donne à Jack ses piqûres. Jack rencontre sa grand-mère et son oncle Paul, qui sont ravis du retour de Ma. Grand-mère s'est remariée au cours des sept dernières années, ce que Ma est réticente à accepter, bien que Jack s'attache rapidement à son mari Leo. Le père de Ma a du mal à accepter Jack, qu'il considère comme le symbole de toutes les souffrances de Ma. Jack et Ma sortent pour la première fois à l'extérieur et Jack commence lentement à s'habituer à son environnement. Ma donne une interview à la télévision pour se débarrasser des paparazzi, mais elle craque lorsque l'intervieweur lui demande comment elle a élevé Jack dans sa chambre. Le lendemain, Ma est partie et n'accompagne pas Jack lors d'une sortie avec l'oncle Paul. À son retour, on découvre que Ma a tenté de faire une overdose.

CHAMBRE D'ADIEU

Jack s'installe chez grand-mère et Léo pendant que maman suit un traitement. Ils ne peuvent pas comprendre entièrement son point de vue, ce qui cause quelques difficultés. Cependant, Jack commence à s'adapter, apprenant à dormir dans son propre lit et à voir davantage le monde, y compris la mer. La séparation avec Ma marque la fin de son allaitement et l'incite à se couper enfin les cheveux. Malgré ses progrès, la chambre de Jack lui manque toujours. Ma se rétablit et est autorisée à rentrer chez elle. Elle décide alors d'emménager avec Jack dans un appartement situé dans un centre de vie assistée. Tous deux s'habituent à avoir leur propre maison et commencent à profiter de leur liberté. Grand-mère vient régulièrement leur rendre visite et reconstruit une relation avec sa fille et son petit-fils. Jack continue à poser des questions sur la chambre, ce qui incite maman à l'emmener la voir une dernière fois. La chambre lui semble soudain très petite et il ne se sent plus chez lui, ce qui lui permet de lui dire au revoir. Ma fait également ses adieux à la chambre et le couple se quitte pour de bon.

ÉTUDE DE CARACTÈRE

JACK

Le roman est raconté à la première personne par Jack, cinq ans, qui est né et a grandi dans Room. Il a donc une vision unique du monde : au début du roman, il croit qu'il n'y a rien en dehors de Room, à l'exception de l'espace, et que tout ce qu'il voit à la télévision est faux. Comme la plupart des enfants, Jack est curieux et s'interroge toujours sur le monde qui l'entoure. Cependant, Jack n'a jamais interagi qu'avec Ma, il est donc différent d'un enfant ordinaire à bien des égards. Il est très intelligent et possède un vocabulaire étendu, mais il est toujours nourri au sein. Sa vie a toujours été régie par la routine, ce qui le rend incapable d'accepter le moindre changement. Il compte ses dents de manière obsessionnelle, ce qui inquiète le Dr Clay, bien qu'il perde cette habitude en grandissant.

Bien qu'il fasse des crises de colère comme n'importe quel autre enfant, Jack est obligé de faire preuve d'une extrême maturité, notamment lors de l'évasion de Room et des bouleversements qui s'ensuivent. Son intelligence et sa capacité d'adaptation sont mises en évidence lorsqu'il doit faire face à tous les changements qui surviennent dans sa vie. Au fil du livre, Jack devient un enfant plus sociable et plus indépendant, ce qui nous donne de l'espoir pour son avenir. Sur le plan physique, Jack est marqué par son séjour en chambre. Il a les cheveux longs en raison de l'absence de ciseaux, il n'a pas de conscience spatiale et n'est pas immunisé contre les maladies.

MA

Ma n'est pas nommée dans le livre, elle n'est définie que par la vision que Jack a d'elle. Elle vit avec Jack à Room et a fait de son mieux pour bien l'élever, malgré le traumatisme de son emprisonnement. Ma est très patiente avec Jack, prenant le temps de lui expliquer les mots et les concepts. Elle protège Jack de la véritable horreur du vieux Nick, mais le lecteur peut en déduire qu'elle est souvent violée et battue si elle se plaint. Nous apprenons également que Ma a eu un enfant avant Jack, mais qu'il est mort-né. Bien que Ma tente de rester positive pour Jack, la situation devient parfois trop difficile pour elle et elle est frustrée par lui. Elle connaît également des périodes de dépression, décrites comme des jours de *Gone*. Après l'évasion, Ma se bat encore plus, car elle est en conflit entre la revendication de son identité et l'acceptation du fait que les choses ne peuvent pas redevenir comme avant. Elle explique à Jack : « Je sais que tu as besoin de moi pour être ta mère, mais je dois me rappeler comment être moi en même temps » (p. 277). Sa détresse culmine avec une tentative de suicide. Après avoir reçu un traitement, Ma parvient à créer une nouvelle vie pour elle et Jack, en tentant de nombreuses nouvelles expériences et en emménageant dans son propre appartement. Ma est présentée comme une personne forte qui inculque à Jack l'importance de la foi. Ma a des problèmes avec son poignet et ses dents pendant son emprisonnement, mais les autres personnages la décrivent comme jolie et jeune.

OLD NICK

Nous apprenons très peu de choses sur Old Nick dans le roman, car Jack le voit rarement et ne connaît pas son vrai nom. Le nom de Old Nick vient d'une émission de télévision sur Satan que Jack a regardée. Il est montré comme étant violent et abusif, ne montrant même pas beaucoup de regret que Jack (son fils biologique) soit mort. Il est arrêté après l'évasion. Le rôle limité de Old Nick signifie que l'accent est mis sur le développement et les émotions de Ma et Jack, plutôt que sur ses actions maléfiques.

GRAND-MÈRE

Grand-mère est la mère adoptive de Ma. Elle a refusé d'accepter la mort de Ma mais a vidé sa chambre. Elle est ravie de son retour et est heureuse de rencontrer Jack, bien qu'elle ait du mal à s'occuper de lui pendant que Ma est à l'hôpital. C'est la première fois que Jack se sépare de sa mère et il a plus de besoins qu'un enfant ordinaire. Grand-mère ne comprend pas comment Jack voit le monde et doit lui apprendre de nombreuses normes sociales, ce qui s'avère compliqué. Cependant, tous deux deviennent proches. Ma et Grand-mère ne peuvent pas se réconcilier immédiatement et se disputent, bien que Ma reconnaisse qu'elles se disputaient aussi avant son enlèvement. Les deux se réconcilient correctement lorsque Ma emménage dans son nouvel appartement et que Grand-mère lui rend régulièrement visite.

LEO

Leo est le nouveau mari de Grand-mère, qu'elle a épousé après l'échec de son premier mariage en l'absence de Ma. Au début, Ma rejette Leo, le considérant comme « le remplacement » (p. 272), mais il s'avère être un « Steppa » affectueux pour Jack et elle finit par s'y attacher.

GRAND-PÈRE

Le père adoptif de Ma la croyant morte, il lui organise des funérailles et finit par s'installer en Australie. Bien qu'il soit ravi de retrouver sa fille, il ne peut accepter Jack, qu'il considère comme le produit du viol de sa fille. Il déshumanise Jack, le traitant de « ça » (p. 282), bien qu'il lui parle sur l'insistance de Ma. Ma croit que Grand-père finira par accepter les événements avec le temps, mais il ne réapparaît pas dans le roman.

ANALYSE

LE JEUNE NARRATEUR

Room est raconté à la première personne par Jack, un garçon de cinq ans, et le style d'écriture reflète la pensée d'un enfant. Raconter l'histoire du point de vue de Ma créerait un récit beaucoup plus déprimant et graphique, alors que l'innocence de Jack adoucit même les moments les plus sombres. Jack est souvent trop jeune pour saisir les émotions des autres personnages, laissant au lecteur le soin de les déduire. Cela conduit à l'ironie et à l'humour. Par exemple, le lendemain de l'attaque de Ma par le vieux Nick, elle essaie clairement de ne pas pleurer devant Jack. Elle lui dit qu'elle veut lire, et il se demande : « Les paupières de Ma sont fermées, comment peut-elle lire à travers elles ? ». (p. 69). Il remarque ensuite que Ma se lave le visage alors qu' »il n'était pas sale mais il y avait peut-être des germes » (p. 70). Ma a vécu une expérience terrible, mais les observations naïves de Jack détendent l'atmosphère. L'innocence de Jack permet également à Donoghue de décrire une perspective unique du monde. Pour Ma, l'évasion signifie une réintroduction dans le monde, mais Jack est complètement nouveau. Il doit être initié à de nombreuses interactions sociales et à la notion de vie privée. Il remet en question des habitudes auxquelles le lecteur ne réfléchit peut-être jamais et nous amène à réexaminer nos propres méthodes. Par exemple, lors du bain avec grand-mère, l'échange suivant a lieu : « Je me cogne la tête sur un robinet. Attention. Pourquoi les gens ne disent-ils cela qu'après avoir été blessés ? » (p. 354).

La grammaire et le vocabulaire du roman reflètent la façon de penser de Jack et son utilisation inhabituelle du langage. Il fait des erreurs grammaticales comme n'importe quel enfant et, souvent, il ne connaît pas le nom d'objets apparemment banals s'ils n'étaient pas présents dans Room. Cependant, son vocabulaire général est très avancé en raison de son interaction constante et individuelle avec Ma. Cela permet à Donoghue de transmettre des concepts qui dépasseraient la moyenne des enfants de cinq ans et suggère que l'enfermement de Jack lui a été bénéfique.

La mise en majuscules de certains mots dans le texte permet au lecteur de mieux comprendre le point de vue de Jack. Room prend toujours une majuscule, car pour Jack, ce n'est pas un nom commun. Room est le seul endroit de l'univers, le nom de tout ce qu'il connaît. Il met également une majuscule aux noms des objets qui se trouvent dans Room. Pour lui, Lamp est la seule lampe qui existe. Ces objets sont presque personnifiés et deviennent les seuls amis de Jack. Cela aide le lecteur à comprendre la confusion de Jack lorsqu'il quitte la pièce. Pour Jack, l'extérieur fait référence à tous les endroits qui ne sont pas dans la pièce, il ne peut donc pas comprendre la signification conventionnelle de l'extérieur.

L'AMOUR D'UNE MÈRE

Dans une interview accordée à *The Economist* en 2010, Donoghue a déclaré que ***Room :***

« est une histoire universelle sur la parentalité et l'en-
fance, et dans la relation entre Jack et Ma, je voulais
mettre en scène toute la gamme des émotions extraor-
dinaires que parents et enfants ressentent les uns pour
les autres : mettre le maternage sous un étrange projec-
teur et le tester jusqu'à ses limites ».

La relation entre Ma et Jack est au cœur du roman et a façonné le caractère de Jack tout autant que son emprisonnement. Ma est convaincue que l'amour d'une mère a été tout ce dont Jack a vraiment eu besoin, déclarant à l'interviewer que : « Il m'avait moi. [...] Il a eu une enfance avec moi, que vous l'appeliez *normale* ou non » (p. 297).

Au fil du roman, le lien entre les deux évolue vers une relation plus naturelle. Jack gagne en indépendance et apprend à interagir avec d'autres personnes que Ma. Cela ne se fait pas sans difficultés. Jack doit apprendre que Ma a d'autres personnes importantes dans sa vie et qu'elle est une personne à part entière. Ma doit également faire face à ce changement, déclarant qu'élever Jack en dehors de la chambre « est en fait plus difficile. [...] Quand notre monde faisait trois mètres carrés, il était plus facile à contrôler » (p. 295). Elle doit apprendre à accepter que Jack entende désormais les opinions d'autres personnes et soit exposé à des choses qu'elle ne souhaite peut-être pas qu'il voie, comme des discussions sur lui à la télévision. Comme précédemment, il s'agit simplement d'une version plus extrême de ce que toute mère doit vivre : à un moment donné, elle doit lâcher prise et permettre à son enfant de prendre ses propres décisions.

LIBERTÉ ET CAPTIVITÉ

Un deuxième thème principal du roman est le concept de liberté et de captivité. La signification de ces mots évolue au fur et à mesure que le roman progresse. Au départ, Jack ne comprend même pas qu'il n'est pas libre d'aller où bon lui semble, mais Ma lui ouvre progressivement les yeux sur les réalités de leur vie. Cela conduit à leur évasion, qui leur procure une liberté physique. Ma est ravie et dit à Jack « nous pouvons tout faire maintenant » (p. 193). Cependant, le lecteur comprend immédiatement que ce n'est pas le cas. Jack demande s'il peut aller se coucher dans la chambre maintenant qu'il est libre, ce qui montre que son attachement à la chambre va prendre du temps à se rompre. Jack reste métaphoriquement prisonnier des habitudes qu'il a prises dans la chambre et ne peut s'adapter à une vie sans routine stricte.

Ma est frustrée que leur adaptation à l'extérieur soit plus lente que prévu. L'hôpital est encore relativement contrôlé, et elle veut superviser ses propres médicaments. Elle pousse Jack à sortir lorsqu'il n'est pas sûr de lui, disant que « c'est comme si nous n'avions jamais fait notre Grande Evasion » (p. 262). L'attention des médias limite la liberté de Ma et Jack d'autres façons, tout comme le traumatisme psychologique de Ma. Bien qu'elle soit techniquement libre de quitter l'hôpital à tout moment, Ma n'est pas assez bien pour le faire. Donoghue aborde d'autres formes de captivité et de liberté à travers les recherches de Ma sur sa situation. Elle évoque la maltraitance des enfants, le travail des enfants et l'isolement cellulaire. Ma déclare à l'interviewer : « L'esclavage n'est pas une invention nouvelle. [...] Les gens sont enfermés de toutes sortes de façons» (p. 295). Elle-même s'est rendu compte que la liberté physique n'est pas synonyme de liberté et elle tente de se suicider peu après.

Cependant, à la fin du roman, Jack et Ma trouvent une véritable liberté. Même s'ils seront toujours marqués par leurs expériences, ils trouvent tous deux le moyen d'être heureux et de laisser la pièce derrière eux. Jack commence à apprécier l'idée de nouvelles expériences et Ma retourne dans la chambre pour tourner la page. Jack semble même oublier certains aspects de la chambre. Ils disent tous deux au revoir à la chambre et Jack termine le roman en disant: «Je regarde en arrière une dernière fois. C'est comme un cratère, un trou où quelque chose s'est produit. Puis nous sortons par la porte» (p. 401). Le lecteur a l'impression que les deux personnages sont enfin vraiment libres.

POURSUITE DE LA RÉFLEXION

QUELQUES QUESTIONS À MÉDITER...

- Trouvez-vous la narration de Jack efficace ? Pourquoi pensez-vous que Donoghue a choisi Jack comme narrateur ?
- À votre avis, pourquoi Donoghue a-t-il choisi de révéler si peu de choses sur Old Nick et sa vie ?
- En quoi le vrai grand-père de Jack et son Steppa Leo sont-ils différents ? Déjouent-ils vos attentes ? Pouvez-vous sympathiser avec le grand-père ?
- Pensez-vous qu'il vous serait difficile d'aimer un enfant issu d'un viol ? Que diriez-vous à Jack au sujet de son père quand il sera plus âgé ?
- Ma raconte à Jack l'histoire d'une sirène qui est piégée sur la terre ferme. Lorsque la sirène s'échappe, Ma oublie d'abord de dire qu'elle emmène son petit garçon avec elle, puis dit à Jack : « Oh, ne t'inquiète pas. [...] Il peut respirer l'air ou l'eau, peu importe » (p. 85). Cela se reflète-t-il dans la propre fuite de Ma et dans ses attentes envers Jack ?
- Êtes-vous d'accord avec la décision de Ma de cacher le monde réel à Jack ? Avait-elle d'autres choix ?
- Le plan d'évasion de Ma est très risqué et repose sur le fait que Jack dirige la police pour la retrouver. Pensez-vous qu'elle croit vraiment qu'elle va survivre

et s'échapper? Ou essaie-t-elle de libérer Jack à ses propres dépens?

- Comment imaginez-vous l'avenir de Jack et Ma?
- Avez-vous vu l'adaptation cinématographique de *Room?* Si oui, l'avez-vous appréciée? Le film omet certains détails importants, notamment la mortinaissance de Ma. Cela a-t-il un impact sur votre interprétation de ses actions?

AUTRES LECTURES

EDITION DE RÉFÉRENCE

- Donoghue, E. (2011) *Room*. Londres : Picador.

ÉTUDES DE RÉFÉRENCE

- The Economist (2010) *The Q&A : Emma Donoghue, auteur.* [En ligne]. [Consulté le 20 décembre 2018]. Disponible sur : <https ://www.economist.com/prospero/2010/11/17/the-q-and-a-emma-donoghue-author>

ADAPTATIONS

- *Room.* (2015) [Film]. Lenny Abrahamson. Réalisateur. Irlande, Canada, Royaume-Uni, États-Unis : Element Pictures, Film 4, FilmNation Entertainment, Irish Film Board, No Trace Camping, Ontario Media Development Corporation, Téléfilm Canada.
- *Room* par Emma Donoghue. (2017) [Pièce]. Cora Bissett. Mise en scène : Theatre Royal Stratford East.

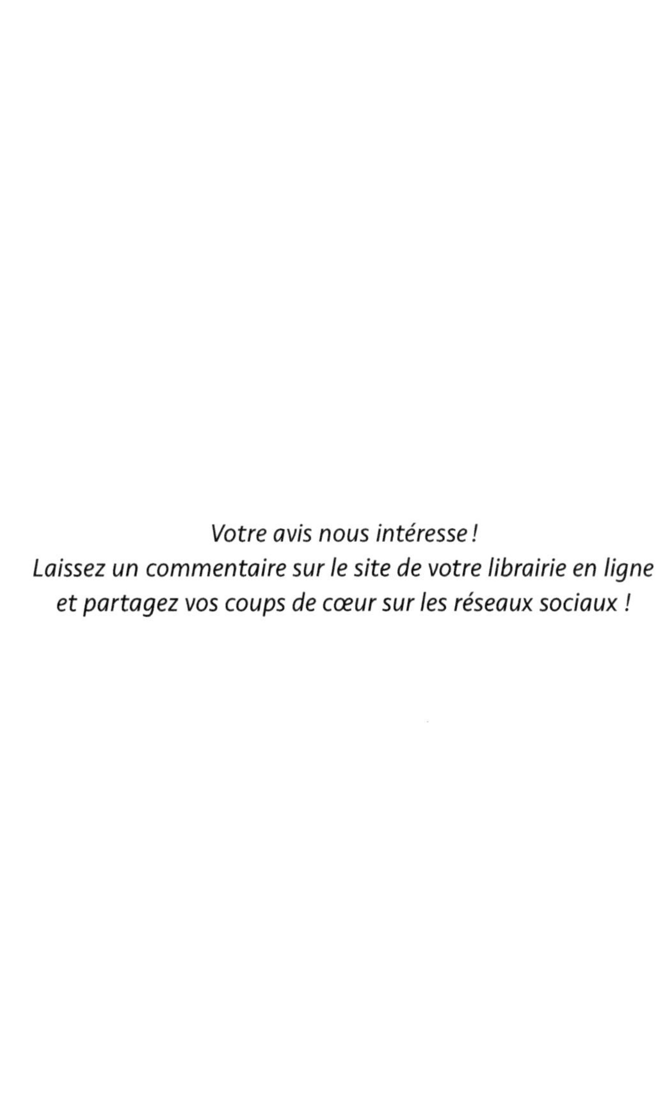

Votre avis nous intéresse !
Laissez un commentaire sur le site de votre librairie en ligne
et partagez vos coups de cœur sur les réseaux sociaux !

lePetitLittéraire.fr

- des analyses de livres
- des fiches de lectures
- des commentaires littéraires
- des questionnaires de lecture
- des résumés

**Retrouvez
notre offre complète sur
lePetitLittéraire.fr**

www.lepetitlitteraire.fr

ISBN version numérique : 9782808684200
ISBN version papier : 9782808685009
Dépôt légal : D/2023/12603/1000

Conception numérique : Primento,
le partenaire numérique des éditeurs.